Florian Scheuba

Unschuldsvermutung

Florian Scheuba

UNSCHULDS VERMUTUNG

Heinz Conrads präsentiert Österreichs reinste Lamperln

Polit-Satire

Mit einem Vorwort von Florian Klenk

AMALTHEA

Professor Heinz Conrads (Florian Scheuba), Alfons Mensdorff-Pouilly (Gregor Seberg), Bernhard Kohl (Clemens Haipl), Rainhard Fendrich (Wolfgang Fifi Pissecker), Claudia Bandion-Ortner (Eva

Maria Marold), Karl-Heinz Grasser (Adele Neuhauser), Julius Meinl V. (Robert Palfrader) und Professor Norbert Pawlicki (Bela Koreny) zu Gast in »Guten Abend am Samstag ... sagt Heinz Conrads« (v. l. n. r.)

Vorwort

Ich darf an dieser Stelle exklusiv enthüllen, dass mich Florian Scheuba angefüttert hat. Und zwar mit einem Herzstumpen. Ich habe keine Ahnung, was ein Herzstumpen wirklich ist, aber in einem kleinen französischen Restaurant in der Nähe meiner Redaktion wird diese Innerei herzhaft zubereitet. Scheuba spendiert mir immer wieder ein köstliches Essen. Wir ordern dazu Weine, die nicht einmal Alfred Gusenbauer kennt. So lockert Scheuba meine Zunge. Dann zückt er sein Notizbuch und schreibt auf, was ich zu berichten habe. Er will wissen, was in der politischen Unterwelt los ist – und er glaubt, dass ich, der sogenannte Aufdecker, es weiß. Und so berichte ich ihm ein paar Mal im Jahr von meinen Recherchen. Ich plaudere über korrupte Polizeigeneräle, über intrigante Kasachensippen, über Tschetschenenfehden, Nobelbordelle, Waffenschieber, über supersaubere Finanzminister und ihre Lobbyisten. Scheubas Kuli tanzt. Ich bin, hier sei es enthüllt, sein heimlicher Zuträger. Und ich bin es gerne. Denn Scheuba ist ein zutiefst politischer Kabarettist, einer der selbst recherchiert und zusammenträgt und durch eine penible Kenntnis heimischer Affären beeindruckt.

Der ORF-Anchorman Armin Wolf hat in einer wissenschaftlichen Arbeit nachgewiesen, dass vor allem junge Menschen kaum noch Zeitung lesen – obwohl sie sich für Politik interessieren. Wir Medienmenschen, so Wolf, müssten daher über neue Strategien der Vermittlung von politischen Zuständen und Missständen nachdenken, um unser Wissen unters Volk zu bringen. Auch deshalb gehe ich so gerne mit Florian Scheuba Innereien essen. Denn er schafft es, seine Recherchen so zu inszenieren, dass sie auch jene Menschen verstehen, die keine Zeitungen lesen. In all den Affären, die wir Journalisten akribisch verfolgen, behält ja nur noch eine kleine kritische Öffentlichkeit den Überblick. All die Grafiken von Firmengeflechten, Stiftungen, Briefkastenfirmen und Treuhandgesellschaften vermitteln zwar den Eindruck von penibler Recherche, durchdringbar sind sie für die meisten Menschen nicht. Und hier schlägt die große Stunde der Bühnenarbeiter, wie Florian Scheuba einer ist. Ich habe mit ihm und seinesgleichen bislang ein einziges Mal zusammengearbeitet: bei der »Inszenierung« der Telefonprotokolle der Grasser-Freunderln im Audimax. Ein polizeilicher Lauschangriff hatte enthüllt, wie hilflos und zugleich dreist sich die Lobbyisten von Karl-Heinz Grasser vor polizeilichen Verhören absprachen und wie sie nach Erklärungen für horrende Provisionen suchten (»Wo war mei Leistung?«, »Da bin ich jetzt supernackt!«).

Scheuba – und seinen Kumpanen Thomas Maurer und Robert Palfrader – gelang, was keinem Journalisten glückte. Sie vermittelten einer Tausendschaft von Zuhörern durch ihre Stimmgewalt die wahren Tiefen eines politischen Sumpfes, in dem Österreich festsitzt. Das hatte nichts mit einer Verblödelung zu tun, sondern eher mit der Kunst, ein befreiendes, demokratisches Gelächter auszulösen. Für Florian Scheuba gilt keine Unschuldsvermutung. Er ist als subversiver Bühnenaktivist enttarnt und er trägt Mitschuld daran, dass die Mauscheleien und die Schiebereien ans Licht der Öffentlichkeit geraten. Der Begriff der politischen Bühne bekommt durch ihn eine neue Bedeutung. Dafür sei ihm gedankt.

Florian Klenk,
stellvertretender Chefredakteur des Falter

Zu diesem Buch

»Mir san ja eh die reinen Lamperln« ist der Titel eines Gedichtes von Karl Kraus, dessen auszugsweise Vertonung am Beginn des Stückes »Unschuldsvermutung« steht. Eine andere Kraus-Sentenz wäre als Motto genauso geeignet: »Die grellsten Erfindungen sind Zitate.«

Was die Gesprächsgäste in diesem Stück im Rahmen einer klassischen Heinz-Conrads-Sendung von sich geben, haben sie alle wirklich gesagt (nur der Gastgeber und die für musikalische Zerstreuung zuständige Kammersängerin Bandion-Ortner sprechen fiktionale Texte) – in Fernseh- und Zeitungs-Interviews, selbst verfassten Liedern oder Gedichten, bei gerichtlichen Einvernahmen oder vor Untersuchungsausschüssen.

Die Recherche war bisweilen mühsam. Sich durch über hundert Grasser-Interviews zu kämpfen, ist ob deren mitunter gnadenlosen Redundanz eine harte Prüfung. Für die man aber belohnt wird: durch die Entdeckung jener überaus raren, nicht für möglich zu haltenden Wortspenden, die Ansätze von Zweifel und Selbstkritik erkennen lassen. Viele der ausgewählten Originalzitate zeugen von skurriler Realitätsverweigerung, rührender Naivität, abgrundtiefem Zynismus, ungenierter Dreistigkeit, aber manchmal auch – wie vor allem jene im Zusammenhang mit dem Ankauf des »Eurofighters« – von schockierender Offenheit.

Der daraus entstandene Text ist die Momentaufnahme eines Sittenbildes. In einer mittlerweile täglich umfangreicher werdenden Skandal-Chronik der Republik Österreich soll er Zwischenbilanz sein, um Bemerkenswertes nicht in einer Flut von Information und Desinformation untergehen zu lassen. Oder anders formuliert: Da hierzulande viele daran interessiert sind, über gewisse Vorkommnisse Gras wachsen zu lassen, soll »Unschuldsvermutung« eine Gegenstimme im Geiste des Rasenmähens sein.

Ich danke dem Team des Rabenhof-Theaters, allen voran Cati Endler sowie Christina Tscharyiski, Roman Freigaßner, Fabian Pfleger und unseren hilfreichen Recherche-Quellen bei profil, Format, Falter, News, APA, ORF-Archiv und ATV.

Ich danke meinem mich bei jeder Vorstellung aufs Neue glücklich machenden Ensemble Adele Neuhauser, Eva Maria Marold, Gregor Seberg, Robert Palfrader, Wolfgang Pissecker, Clemens Haipl, Erwin Steinhauer, Gerald Votava, Bela und Belush Koreny, unserem Regisseur, Ideengeber und Initialzünder Thomas Gratzer und dem unvergessenen Jochen Herdieckerhoff. Und ich danke Florian Klenk und Michael Nikbakhsh für wertvolle Informationen und ihren Glauben daran, dass es nicht sinnlos ist, Dinge aufzuzeigen und Schweinereien beim Namen zu nennen.

Florian Scheuba

Personen

CLAUDIA BANDION-ORTNER
PROFESSOR HEINZ CONRADS
HELMUT ELSNER
RAINHARD FENDRICH
KARL-HEINZ GRASSER
BERNHARD KOHL
JULIUS MEINL V.
ALFONS MENSDORFF-POUILLY
PETER WESTENTHALER
PROFESSOR NORBERT PAWLICKI

Ein gemütlich-geselliger Abend mit Musik,
Plaudereien und Original-Zitaten

*Das Stück spielt im Studio der Vorabend-Sendung
»Guten Abend am Samstag … sagt Heinz Conrads«.*

Professor Norbert Pawlicki sitzt auf seinem gewohnten Platz hinter dem Klavier und spielt die rituelle Auftrittsmelodie. Professor Heinz Conrads tritt milde lächelnd zu ihm und beginnt zu singen.

CONRADS

Was Schiedsgericht und Völkerbund!
Sie Kellner, bringen S' ein paar Stamperln!
So etwas brauchen wir nicht und
mir san ja eh die reinen Lamperln!

Was Völkerbund und Schiedsgericht!
Wenn wir die Friedenspfeife rauchen,
so brauchen wir so etwas nicht,
denn mir wer'n doch kein Richter brauchen!

Wir hab'n ja niemanden gekränkt,
ich bitt' Sie, weg'n dem bisserl Sengen!
Zwar hab'n wir viele aufgehängt,
doch lass'n wir unsre Köpf' nicht hängen.

Was Völkerbund! Das is doch stier!
Sie Kellner, bringen S' noch paar Stamperln!
Was Selbstbestimmung! Mir san mir,
und mir san eh die reinen Lamperln!

Das Lied endet, Conrads wendet sich an sein Publikum. Sein Tonfall schwankt zwischen resignativer Güte und nostalgisch grundierter Depression.

CONRADS

Gut'n Abend meine Damen, gut'n Abend meine Herren, gut'n Abend die Madln, servas die Buam.
Viel Zeit ist vergangen, seit unserem letzten Rendezvous. Was ist seit damals nicht alles passiert. Viele sind krank geworden, viele sind gestorben. Die meisten sind krank geworden und gestorben … unter furchtbaren Schmerzen … ich freu mich drüber. Ich freu mich darüber heute wieder bei Ihnen sein zu dürfen, mit Ihnen gemeinsam ein bissl, die Sorgen des Alltags … gemeinsam ein bissl die Sorgen des Alltags, dass wir die Sorgen vielleicht ein bissl gemeinsam? … Geht's Ihnen gut?
Wem geht's heutzutag schon gut … die einen sind krank und einsam, die anderen nicht gesund und ganz allein. Ich wünsche Ihnen von ganzem Herzen baldige Besserung. Wenn's Ihnen schon besser geht, denken S' dran, das ist nur vorübergehend.
Es ist eine lieb gewonnene Altwiener Tradition, dass wir in dieser Sendung auch an jene denken, denen es nicht so gut geht. Meine heutigen Gäste haben gemeinsam, dass man sich in letzter Zeit öfter gefragt hat: Sag amal, wie geht's denn dem?
Und sie haben noch etwas gemeinsam: Sie werden alle beschuldigt. Und das in Österreich, einem Land, das schon aus seinem Selbstverständnis heraus unschuldig ist. Wir sind nicht die Unschuld vom Land. Wir sind die Unschuld als Land.

»Mir san ja eh die reinen Lamperln« hat's geheißen in unserem kleinen Lied zu Beginn. Geschrieben hat den Text übrigens ein leider längst vergessener Altwiener Heimatdichter, ein gewisser Karl Kraus. Ein lustiger Kampl, der damals eine eigene Witz-Zeitschrift herausgegeben hat, namens »Die Fackel«. Die Erinnerung daran lebt nur mehr im Wienerlied – »Wenn ich mit meiner Fackel von Grinzing heimwärts wackel«.

Pawlicki spielt die Melodie »Wenn ich mit meinem Dackel von Grinzing heimwärts wackel« am Klavier an. Conrads ist beglückt.

CONRADS
Bitte, Applaus für meinen treuen musikalischen Begleiter, Professor Norbert Pawlicki!

Nachdem der Applaus verebbt ist, lässt Pawlicki einen Schlussakkord ertönen und verspielt sich dabei.

PAWLICKI
Entschuldigung.

CONRADS *(nach einem kurzen Moment der Irritation wieder ganz bei sich)* Ja, ganz typisch österreichisch, unser Norbert. Er glaubt, sich entschuldigen zu müssen. Dabei war der falsche Ton gar nicht von ihm, sondern vom Klavier.
Aber so geht es uns Österreichern: Ständig werden wir als Täter beschuldigt, dabei sind wir doch Opfer. Wir spielen nicht die gekränkte Unschuld, wir sind sie. Wir kranken an unserer Unschuld ... krank und einsam, unter furchtbaren Schmerzen ... aber meine heutigen Gäste haben eine Medizin dagegen, sie sagen: Die Unschuld muss ihre Interessen verfolgen. Dadurch wird sie zur verfolgenden Unschuld, die sich gegen jene richtet, die was anderes vermuten. Gegen diese Schuldvermuter halten sie die Unschuldsvermutung und die kommt vom Mut; weil manchmal gehört Mut dazu, seine Unschuld zu behaupten.

Darüber werd ich mit Ihnen gemütlich plaudern und natürlich wird es auch wieder ein paar musikalische Schmankerln in meiner Sendung geben. War gar nicht so leicht die heute zu finden. Guggi Löwinger und Helga Papouschek haben leider abgesagt, Anneliese Rothenberger hat nicht einmal zurückgerufen. Typisch Piefke. Dagmar Koller hat gemeint, seit der Zilk tot ist, kann sie nicht mehr singen … ist das also auch schon wieder siebzig Jahre her, dass der gestorben ist …
Und so wurde mir ein Nachwuchs-Talent empfohlen, dem ich heute die große Chance geben möchte. Begrüßen Sie mit mir Frau Kammersängerin Claudia Bandion-Ortner.

Pawlicki spielt das Auftrittsmotiv; Bandion-Ortner erscheint und beginnt zu singen.

BANDION-ORTNER
Glücklich ist, wer vergisst,
was doch nicht zu ändern ist.

Sie wiederholt den Text in immer neuen Tonlage-Modulationen, bis Pawlicki seine Begleitungsversuche entnervt aufgibt und Conrads ihr Einhalt gebietet.

CONRADS
Danke! Küss die Hand, gnädige Frau, danke vielmals, für diese wunderbare Eröffnung. Nachdem ich

Sie jetzt zum ersten Mal singen gehört hab, muss ich gleich fragen: Was machen Sie hauptberuflich?

BANDION-ORTNER
Ich bin Justizministerin der Republik Österreich.

CONRADS
Da schau her, was heutzutage am zweiten Bildungsweg alles möglich ist.

BANDION-ORTNER
Vorher war ich Richterin.

CONRADS
Liebe gnädige Frau, diesen Beruf brauchen wir doch bei uns nicht.

BANDION-ORTNER *(beginnt unaufgefordert zur Beethoven-Melodie »Ode an die Freude« zu singen)*

> Na wir werd'n kan Richter brauchen,
> weil wir haben ein goldenes Herz!
> Wir werd'n alles übertauchen
> und dann fahren wir himmelwärts!
> Mir san alle guade Lotschn
> und drum hamma uns so gern.
> Da bei uns streckt kana d' Patschen,
> ohne dass die Erben rearn.

CONRADS

Ich möchte an dieser Stelle unsere Redaktion ein bissl in Schutz nehmen: Die Frau Kammersängerin war eine Empfehlung der Raiffeisen-Künstleragentur. Ein spezieller Wunsch von diesem … wie heißt er?

BANDION-ORTNER *(flüsternd)*

Doktor Konrad.

CONRADS

Wer? Das kann nicht sein, der Conrads bin i.

BANDION-ORTNER *(deutlich lauter)*
Doktor Konrad!

CONRADS
Nur ein Doktor, nicht einmal Professor, so wie ich. Also, irgendsoeine Knackwurscht mit Brillen, egal. Danke Frau Kammersängerin, wirklich ganz bezaubernd. Darf ich Sie zurück in Ihre Garderobenkammer bitten, wir werden Sie heute noch um Ihre musikalische Unterstützung ersuchen …

Er geleitet die hoch motiviert ins Publikum winkende Bandion-Ortner von der Bühne.

CONRADS
… aber nur, wann uns wirklich sonst nix mehr einfallt, weil jetzt sollen unsere Gäste sprechen in ihren ureigensten Worten und Originalzitaten. Apropos Originalzitat, wie heißt es bei Schiller? Der Mohr hat seine Schuldigkeit getan, der Mohr kann gehen.
Was aber, wenn der Mohr von seiner Schuldigkeit nichts wissen will? Dann geht er nicht, dann kommt er, nämlich in meine Sendung. Hier ist Julius Meinl der Fünfte.

Pawlicki spielt die Auftrittsmelodie, Meinl V. erscheint mit Hut und Mantel und wartet, bis diese ihm von Pawlicki kammerdienerartig abgenommen werden, bevor er sich zu Conrads setzt.

CONRADS
Lieber Meinl, bei Ihnen haben die Unannehmlichkeiten ja fast ein bissl lustig begonnen, mit einer polizeilichen Einvernahme, ausgerechnet am 1. April.

MEINL
Da bin ich dorthin gegangen mit meinen Anwälten, plötzlich sagte der Staatsanwalt: »Es kommt jetzt zu der unangenehmen Nachricht dieses Abends, wir werden Sie festnehmen!« Ich sagte: »Das ist wohl ein Aprilscherz, oder?« Er sagte: »Nein, hier ist der Haftbefehl! Sie können eine Kaution bezahlen. Und zwar hundert Millionen Euro!« Ich sagte: »Bitte entschuldigen Sie, ich habe keine hundert Millionen!«

CONRADS
Stimmt, Sie haben nämlich ungefähr zwei Milliarden Euro. Die hundert Millionen haben Sie dann am nächsten Tag hinterlegen lassen, das war ja für Sie kein Problem. Aber die Nacht mussten Sie im Gefängnis verbringen. Wie war das?

MEINL
Man wird eingesperrt …

CONRADS
Grad das ist ja das besonders Unangenehme an so einem Gefängnis.

MEINL
… und es wird das Licht abgeschaltet.

CONRADS
Also Dunkelhaft. Was war vor dem Lichtabdrehen?

MEINL
Naja, da müssen Sie sich mal ausziehen, völlig! Dann werden Sie untersucht, jedes Detail!

CONRADS
Also, wenn das gut gemacht ist, kann das ganz angenehm sein.

MEINL
Es ist nicht ganz leicht zu bewältigen. Wenn man da drinnen ist, wird man eigentlich sehr hart.

CONRADS
Mein' ich ja …

MEINL
Das ist eine Erfahrung, die muss man einmal gemacht haben. Immer wieder, wenn man zum Anwalt gerufen wird, kommt man in so eine Art Zwischenlager.

CONRADS
Sie waren also in einem Lager interniert.

MEINL
Ich wurde in eine relativ kleine Zwischenstation gesperrt, mit relativ vielen Menschen drinnen. Ich glaube, dass es nur Schwarzafrikaner waren.

CONRADS
Wahrscheinlich war wieder das Licht abgedreht.

MEINL
Das war eine positive Erfahrung, denn mit denen konnte man sich sehr fröhlich verständigen. Weil es fröhliche Menschen waren.

CONRADS

Der Schwarzafrikaner ist ja an sich gerne in Haft, weil er weiß, das kann für ihn ein Karriere-Sprungbrett sein, siehe Nelson Mandela. Wahrscheinlich haben sie gleich Gospels gesungen.

Bandion-Ortner erscheint im Meinl-Mohren-Kostüm mit Kaffeetasse, überquert – den Gospel-Song »Nobody knows the trouble I've seen« singend – in würdevoller Langsamkeit die Bühne und verschwindet wieder.

CONRADS

Danke, Frau Kammersängerin, aber wir haben in dieser Sendung keine Negermusik.

MEINL

Die haben sofort gegrüßt. Ich habe gesagt: »Where are you from?« Der eine sagte: »I'm from Lagos.« Und ich sagte: »I am from Austria« …

Pawlicki spielt die Melodie »I am from Austria« an.

CONRADS

Ja, das sind Melodien, die wir gerne hören. Diese hier stammt übrigens auch von einem unschuldig Verfolgten.

MEINL

… und dann sagten die: »Oh hi, welcome.« Da war sofort eine freundliche Gemeinsamkeit da. Der eine hat gesagt, er hat ein Drogendelikt begangen und der andere irgendeinen Überfall. Das wäre jetzt besonders blöd, weil jetzt wäre er schon das zweite Mal dran, und es war, ich würde sagen, *the normal course of business.*

CONRADS

Man hat sich also international unter Kollegen ausgetauscht. War es mit allen so nett?

MEINL

Da waren so Rumänen und zum Teil auch Österreicher, die waren eher weniger freundlich.

CONRADS

Die haben wahrscheinlich gewusst, wer Sie sind.

MEINL

Aber furchtbar war für mich das Radio in der Zelle.

CONRADS

Das ist auch wirklich ein Skandal. Ö3 in der Früh sollte im humanen Strafvollzug tabu sein.

MEINL
Da hat man alle fünf Minuten gehört, wie man selbst verhaftet wurde und was man zu essen kriegt.

CONRADS
Was haben Sie denn zu essen bekommen?

MEINL
Vorspeise, Hauptspeise und Nachspeise.

CONRADS
Kein Amuse-Gueule? Kein kleiner Gruß aus der Küche?

MEINL
Es war okay, nicht ganz der normale Standard, es war nicht fünf Sterne.

CONRADS
Eine entbehrungsreiche Erfahrung für Sie also, und das alles nur, weil man Ihnen ungeheuerliche Dinge vorwirft, nämlich Untreue und Betrug.

MEINL
Ich glaube, dass die Wurzel der Geschichte darin liegt, dass Österreich ein Land von Sparern ist. Die Menschen wollen nur sehen, dass ihr Erspartes immer mehr wird.

CONRADS

Da muss man ein erzieherisch wertvolles Zeichen setzen, damit die Leute erkennen: Es kann auch einmal weniger werden.

MEINL

Die Marke Julius Meinl steht für Qualität, die wir in unseren Finanzprodukten präsentieren. Unser Ziel war immer, dass Anleger das eingesetzte Kapital innerhalb von fünf Jahren verdoppeln sollen.

CONRADS
Wie heißt es im Nachhinein so oft: Der Weg war das Ziel. Jetzt ist das Geld weg, also kann man sagen: Das *Weg* war das Ziel.

MEINL
Es ist nicht unsere Schuld, dass niemand den Börsenprospekt liest. Jene, die investiert haben, die sind auf den Rattenfänger von Hameln hereingefallen. Und heute wird die Rechnung präsentiert.
Das ist ganz furchtbar, und es tut mir wahnsinnig leid, dass diese Menschen zumindest vorübergehend eine niedrigere Bewertung haben.

CONRADS
Ich find ja, Menschen sind an sich überbewertet …

MEINL
Ich weiß ganz genau, wo die Sorgen und die Wünsche der Menschen liegen und habe versucht, ihnen eine Möglichkeit zu schaffen, dass sie auch verdienen können. Es hat einfach nicht funktioniert.
Wir hatten zu viel Ballast. All die sozialen Leistungen für die Mitarbeiter. In Europa haben wir viel historischen Ballast, Sozialversicherungssysteme, die wir nicht bereit sind aufzugeben, und die hindern uns in der Anpassungsfähigkeit.

CONRADS
Also eigentlich sind die Leute selber schuld.

MEINL
Jeder, der Aktien kauft, braucht ein gewisses Mindestmaß an Verantwortung. Es kann sein, dass sie falsch beraten worden sind, das ist natürlich nicht etwas, wofür wir jetzt direkt verantwortlich sein können. Die Verantwortung, wenn Sie so wollen, tragen wir alle. Im Nachhinein sind wir natürlich alle gescheiter.

CONRADS
Die Anleger beklagen einen Schaden in der Höhe von über einer Milliarde Euro.

MEINL
Der Schaden ist enorm. Menschen wurde die Existenz genommen. Das wäre nicht notwendig gewesen.

CONRADS
Sie selber hat es ja zum Glück nicht ganz so schlimm erwischt.

MEINL
Was immer wir geschäftlich machen, muss Erträge abwerfen. Wir haben Leistungen erbracht, und für die sind wir honoriert worden. Mein Beitrag ist lediglich, die sich bietenden Chancen zu nützen. *There is*

always a turning to an end. Es geht nie die Einbahn in die eine oder andere Richtung. Es gibt immer eine Abzweigung.

CONRADS
Und Abzweigungen gibt es, damit man was abzweigen kann.

MEINL
Wir haben uns nichts vorzuwerfen.

CONRADS
Damit das die anderen auch so sehen, beschäftigen Sie eine ganze Armada der teuersten Rechtsanwälte und motivieren österreichische Zeitungen mit großflächigen Inseraten zu einer ökonomisch vernünftigeren Berichterstattung über ihren Fall.
Kann man das an Ihnen begangene Unrecht überhaupt wiedergutmachen?

MEINL
Schauen Sie, diese Verhaftung ist natürlich nicht wiedergutzumachen. Das wird einem ewig in Erinnerung bleiben, und man hat natürlich so *Flashes,* wo das immer hochkommt.

CONRADS
Das Essen, Ö3 …

MEINL
Ich bin der meistgehasste Mann in Österreich. Dabei habe ich nichts falsch gemacht. Ich glaube, erst wenn man tot ist, ist man in Österreich anerkannt.

CONRADS
Dabei sind Sie doch ein großer Menschenfreund!

MEINL
Ich bin lieber mit eher weniger Menschen zusammen als mit mehr Menschen.

CONRADS
Aber Tiere haben Sie schon gerne.

MEINL
Wir haben einen Foxterrier, von dem kann man sehr viel im Leben lernen. Wenn man an einer Sache dran ist, lässt man nie wieder los.

CONRADS
Apropos, Ihre Ehe mit Spengi …

MEINL *(ihn unterbrechend)*
Es gab nie eine Situation, die unsere Ehe gefährdet hätte. Was zählt, ist die sehr glückliche Ehe. Ende gut, alles gut.

CONRADS
Wann haben Sie sich von ihr scheiden lassen?

MEINL
Vor zwei Jahren.

CONRADS
Und so einem Mann wird Untreue vorgeworfen, dabei ist er einfach gerne alleine. War das schon als Kind bei Ihnen so?

MEINL
Wir haben ein Haus gehabt, und die anderen Kinder sind gekommen und haben gesagt: »Oh, ein Haus.« Die anderen hatten nämlich keines. Die haben das cool gefunden.

CONRADS
Mit einem Haus waren Sie ja dann der Coolste.

MEINL
Nein, ich war überhaupt nicht der Coolste. Es hat tolle, große Coole gegeben, es hat brutale Coole gegeben. Ich war überhaupt nicht cool.

CONRADS
Höre ich da heraus, dass Sie eine schwere Kindheit hatten?

MEINL
Schwierig war vor allem der Name. Der hat immer zu irgendwelchen Hänseleien geführt: »Der Julius Meinl ist ein Schweindl!« Der Name war auch eine Verpflichtung.

CONRADS
Der Name Schweindl als Verpflichtung, das erklärt so manches.
Lieber Julius, im Leben waren Sie immer nur der Fünfte, heute Abend waren Sie bei mir endlich einmal der Erste, nämlich mein erster Gast. Applaus für unseren Julius Meinl!

Meinl geht ab; Conrads wendet sich an Pawlicki.

CONRADS
Der Norbert hat vorhin so eine wunderbare Melodie angespielt, Österreichs heimliche Nationalhymne …

Pawlicki spielt ein paar Takte von »I am from Austria«.

CONRADS
… und die stammt von einem unheimlichen Nationalhelden, der leider auch viel mitmachen hat müssen. Aber heute geht es ihm besser, denn heute darf er zu mir in die Sendung: Hier ist Rainhard Fendrich!

Pawlicki spielt die Auftrittsmelodie; Rainhard Fendrich erscheint lässigen Schrittes.

CONRADS
Lieber Rainhard, schön, dass Sie bei uns sind. Sie schauen ja blendend aus.

FENDRICH
Nahtlos tief die Bräune, spurtlich die Figur. Mia san immer locker, schick und elegant, unwahrscheinlich lässig, rasend interessant.

CONRADS
Darf ich aus Ihren Worten schließen, dass es Ihnen gut geht?

FENDRICH
I hab a Haus, i hab an Garten und auf mein Auto is a Stern. Und wenn mi no so viele hassen, i hab des alles furchtbar gern.

CONRADS
Diesen Hass der anderen haben Sie ja deutlich zu spüren bekommen. Man hat versucht, Ihnen was anzuhängen. Was war da los?

FENDRICH

Gustav ans an Gustav zwaa, mir mochen heut a Razzia. Wenn uns das Glück nicht ganz verlässt, zerstören wir gar ein Rauschgiftnest.

CONRADS

Um welches Rauschgift hat es sich gehandelt?

FENDRICH

Liegt ein Körper regungslos im Schnee, schmeckt erst so richtig der Kaffee.

CONRADS

Und was haben Sie den Beamten gesagt?

FENDRICH

Die Unschuld kann man nicht beteuern. Es zählt kein Rechenschaftsbericht, sieht man sich wieder vor Gericht. Weil, wo gibt's denn no a Unschuldslamm? A jeder is zum hab'n.

CONRADS

Da muss ich natürlich widersprechen: In unserer heutigen Sendung gibt es Unschuldslämmer, wohin man schaut, und auch Sie, lieber Rainhard, gehören doch dazu. Dieser ungeheuerliche Vorwurf, Sie hätten gewohnheitsmäßig Drogen …

FENDRICH *(ihn unterbrechend)*
Man g'wöhnt sich niemals so recht an des Flimmern, man g'wöhnt sich nie so richtig an den kalten Schweiß, doch was soll's, des is der Preis!

CONRADS
Sie mussten jedenfalls einen hohen Preis zahlen und sind vor Gericht gelandet.

FENDRICH
Es g'hört, dass die Gesetzesfaust auf das Gesindel niedersaust.

CONRADS
Also in Ihrem Fall war das kein Faustschlag, sondern eher ein freundliches Schulterklopfen. Was haben Sie denn dem Staatsanwalt erzählt?

FENDRICH
Schau'n Sie, des Ganze, mein lieber Staatsanwalt, war doch nur eine Bagatelle, so auf die Schnelle. Wenn einer draufkommt und entpuppt di, nimmst du dir einfach einen Anwalt, der was kann halt.

CONRADS
Böse Zungen behaupten, Sie hätten ehemalige Freunde vernadert.

FENDRICH
Sog ned, du kenntast nie wen denunzieren, wenn er dir irgendwie im Weg steht.

CONRADS
Es heißt sogar, dass vor einigen Jahren Ihr eigener Bruder statt Ihnen ins Gefängnis gegangen wäre.

FENDRICH
Des … hab i jetzt vergessen. Am Strand von Malibu.

CONRADS
Also, nix dran an der Geschichte.

FENDRICH
An welche Wahrheit soll man glauben, kann man das glauben, was geschieht? Wenn wir den Kindern ihre letzten Märchen rauben, dann gibt es keinen mehr, der noch die Wunder sieht.

CONRADS
Wunderbar. Und Ihr Bruder …

FENDRICH
Wir waren wie Pech und Rock'n'Roll und uns war schlecht vom Alkohol. Waren auf die selben Mädels scharf und machten das, was man nie darf. Ich sang dieselben Lieder wie er …

CONRADS
Das ist praktisch, weil er hat ja in Ihrer Band gespielt.

FENDRICH
… und es ist eine Ewigkeit her. Brüder sind wir, Brüder bleiben wir.

CONRADS
Sie haben ihn ja danach aus Ihrer Band rausgeschmissen und haben ihm das per Telegramm mitgeteilt. Er ist Ihnen aber deshalb nicht böse?

FENDRICH
Tränen trocknen schnell. Erinnerung is nur a Reifenspur im Sand.

CONRADS
Oder eine im Schnee. Apropos, Drogen waren für Sie aber seither kein Thema mehr.

FENDRICH
Alles is möglich, aber nix is fix.

CONRADS
Auf jeden Fall haben Sie doch unter den ungerechten Beschuldigungen gelitten.

FENDRICH
Die Wahrheit hört ma ned so gern. Wann di dei G'wissen amoi fragt, wannst da ka Ruah gibt, wenn's di plogt. Du frogst di, ob'st ned übertrieben host, die Antwort waaß dei Spiegelbild.

CONRADS
Aha. Was sagt Ihr Spiegelbild da zu Ihnen?

FENDRICH

Dei hohe Zeit is lang vorüber und a die Höll host hinter dir, von Ruhm und Glanz ist wenig über, sog ma, wer zieht noch den Hut vor dir?

CONRADS

Aber es ist doch immer noch der Rainhard Fendrich, der da vor dem Spiegel steht.

FENDRICH

Man kennt noch seinen Namen, wenn jemand von ihm spricht. Man summt noch seine Lieder, doch keiner kennt mehr sein Gesicht. Er war ein Star. Er war einmal ganz oben. Das ist schon eine Weile her, und langsam wird er müde, aber aufzuhören fällt ihm einfach schwer.

CONRADS
Wenn das kein Beweis is für die Midlife-Crisis.

FENDRICH *(bricht in Tränen aus)*
Es tuat so weh, wenn ma verliert, wenn an die Kroft zerissn wird, man sieht an jeden Föhler ei, doch leider is scho ols vorbei.

CONRADS *(verärgert)*
Also, das ist heute Abend hier ganz bestimmt der falsche Rahmen, um Fehler einzusehen. Es gibt doch für alles eine Entschuldigung, sicher auch in Ihrem Fall.

FENDRICH *(wieder gefasst)*
Ich bin nur blond, zu blond, um wahr zu sein.

CONRADS
Na alsdann, geht ja.

FENDRICH
Des G'sicht kann ma heut jederzeit verlieren, a jeder hat scho zwei davon.

CONRADS
So ist es, und das zweite Gesicht von Rainhard Fendrich wollen wir unseren Zusehern jetzt noch vorstellen.

Fendrich geht tänzelnd ab.

CONRADS
Seit vielen Jahren tritt er nämlich auch unter einem Pseudonym auf, nämlich mit dem Künstlernamen Peter Westenthaler. Bei der Jugend auch bekannt als DJ Westi. Also, nicht als Austro-Popper, sondern als Gangsta-Rapper. Also, ganz was Modernes. Und so klingt das.

Auf der in der Mitte des Bühnenhintergrundes hängenden Leinwand erscheint eine Video-Zuspielung: Man sieht einen Original-Mitschnitt, aufgenommen beim BZÖ-Wahlkampfauftakt zur Nationalratswahl am 21. August 2006 in Lannach bei Graz, auf dem Peter Westenthaler ein Lied mit dem Titel »Wir halten z'samm« singt. Mit ihm im Chor unter anderem Uwe Scheuch, Uschi Haubner und Jörg Haider.

Plötzlich springt Fendrich – optisch zum Westenthaler mutiert – auf die Bühne und rappt live über das Song-Playback.

DJ WESTI *(zum Refrain von »Wir halten z'samm«)*

Justizskandal
Polit-Justiz
Ein Fehlurteil
Justizskandal

Hauts de Oarschlecha auße!
Ab sofort herrscht Kriegszustand!

Weil ich immer sage, was ich denke.
Sie sind ein Idiot, ein Vollkoffer!
Sie sind ein Trottel! Ich bin völlig schuldlos.
Dieses Gericht ist noch nicht erfunden,
das mich verurteilt!
Das wird der Peter Westenthaler nicht
zulassen!
Hauts de Oarschlecha auße!

Sonst gibt es Stunk
Justizskandal
Polit-Justiz
Sonst kommt die Trunk!

DJ Westi verlässt fluchend die Bühne; Conrads wirkt leicht irritiert.

CONRADS

Das war jetzt ein bissl was für die Jugend. Danke, DJ Westi! Der Künstlername bezieht sich vermutlich auf seine weiße Weste. Der Rainhard Fendrich hat vorhin von einer »Gesetzesfaust« gesprochen, aber wenn es darum geht, eine weiße Weste zu behalten, kann diese Faust manchmal zur helfenden Hand werden.
Wenn die österreichische Justiz einmal einen Täter gefunden hat, dann reicht ihr das, dann braucht sie nicht nach irgendwelchen Mittätern suchen. So geschehen beim legendären Brief-Bomber Franz

Fuchs, der, bevor er über etwaige Komplizen hätte reden können, in seiner Gefängniszelle Hand an sich gelegt hat – obwohl er gar keine mehr gehabt hat. Sich ohne Hände aufzuhängen, das ist schon ein beachtliches Kunststück, vielleicht war ja, wie einst bei Diego Maradona, die Hand Gottes im Spiel.
Oder denken wir an Natascha Kampusch, die lange Zeit unter uns gelebt hat – im wahrsten Sinn des Wortes. Auch in diesem Fall ist der Täter für weitere Befragungen nicht zur Verfügung gestanden, da fahrt die Eisenbahn drüber. Und all die Verdachtsmomente, Zeugenaussagen und Indizien, die auf Mittäter schließen lassen, die ruhen in den Akten und fürsorgliche Staatsanwälte schauen darauf, dass sie dort nicht aufgeweckt werden.

Bandion-Ortner tritt singend in Richterrobe auf und bringt einen Stapel Akten.

BANDION-ORTNER
Des hot ka Goethe gschriebn,
des hot ka Schiller dicht‘,
is von kan Klassika, von kan Genie;
des is a Weana der zu ana Wean'rin spricht
und's klingt halt doch so voller Poesie …

Sie verlässt wieder die Bühne; Professor Conrads hat einen Akt zu sich genommen und blättert darin.

CONRADS

Frau Kammersängerin bringt mir hier so einen Akt, der schon lang den Schlaf der Gerechten schläft. Er handelt von meinem nächsten Gast, und schon sein Name klingt wie ein Gruß aus längst vergangenen Tagen. Begrüßen Sie mit mir Alfons Eduard Alexander Antonius Maria Andreas Hubertus Christoph Graf Mensdorff-Pouilly.

Pawlicki spielt die Auftrittsmelodie, Mensdorff-Pouilly erscheint unter schallendem Gelächter im Jäger-Outfit samt Gewehr.

CONRADS

Ich hoffe, es ist geziemend, wenn ich Sie so anrede, wie Sie auch von Ihren Angestellten auf Ihrem Schloss im Burgenland angesprochen werden wollen, nämlich als »Graf Mensdorff«.

MENSDORFF-POUILLY

Ich bin nur ein einfacher Bauer. Und ich bin stolz darauf.

CONRADS

Vorbildlich, diese Bescheidenheit. Ein einfacher Bauer, der mit Diplomatenpass durch die Welt reist. Also praktisch ein Diplom-Landwirt. Und Sie sind natürlich kein Waffen-Lobbyist, wie Ihnen immer unterstellt wird.

MENSDORFF-POUILLY
Der Waffen-Lobbyist ist eine Legende. Ich habe mich nie als solcher gefühlt oder gesehen.

CONRADS
Für Sie als Bauer haben Waffen also nur im biblischen Sinn Bedeutung, nämlich nach dem Motto: Schwerter zu Pflugscharen.
Leider ist das mit den Waffen nicht die einzige Unterstellung, gegen die Sie sich wehren müssen. Es wurde sogar behauptet, dass Sie mit illegalem Geld aus einem Waffengeschäft ein Schloss in Schottland gekauft hätten. Gehört dieses Schloss wirklich Ihnen?

MENSDORFF-POUILLY
Nein.

CONRADS
Nein, es gehört ihm also nicht. Das hat er auch unter Wahrheitspflicht vor dem parlamentarischen Untersuchungsausschuss klipp und klar gesagt.
Kennen Sie das Schloss überhaupt?

MENSDORFF-POUILLY
Ja, ich kenne es. Die Firma, der das Schloss gehört, gehört einer ungarischen Firma – und die gehört der MPA Wien.

CONRADS
Und die MPA Wien gehört …

MENSDORFF-POUILLY
… mir.

Mensdorff-Pouilly bricht wieder in schallendes Gelächter aus; Conrads ist kurzfristig verwirrt, fasst sich aber rasch wieder.

CONRADS
Ja, da sieht man, dass heutzutage in der Wirtschaft alles sehr kompliziert ist. Wir fassen zusammen: Graf Mensdorff gehört die MPA Wien, der gehört eine ungarische Firma und dieser Firma gehört eine Firma, der das Schloss gehört. Und da haben niederträchtige Verleumder die Frechheit, zu behaupten, Ihnen gehört das Schloss.

MENSDORFF-POUILLY
Eine ungeheuerliche Anschuldigung, die jeder Grundlage entbehrt.

CONRADS
Des Weiteren wird Ihnen nicht nur Bestechung und falsche Zeugenaussage vorgeworfen, sondern auch Geldwäsche. Sie sollen für den britischen Waffenhändler Tim Landon mehrere Millionen Euro illegal verräumt haben.

MENSDORFF-POUILLY
Anfänglich wurde von Tim Landon ein gewisser Wolfgang Hamsa geschickt, um das Geld abzuholen. Insgesamt wurden zirka 4,67 Millionen Euro in bar an Hamsa von mir persönlich übergeben. Ich wollte die Gelder nicht selbst abholen, da mein Gesicht allgemein bekannt ist.

CONRADS
Der Fluch der Prominenz, das kenn ich nur zu gut. Die von Ihnen genannten Personen sind leider mittlerweile beide verstorben. Die Geldflüsse wurden später von einem gewissen Doktor Roland K. neu geordnet. Der hat schon seinerzeit für Siemens Gelder ungeklärter Herkunft an Firmen in Liechtenstein transferiert. Und kaum war er mit der Arbeit für Sie fertig, ist er prompt auch verstorben. Bei einem Jagdunfall.

MENSDORFF-POUILLY
Jeder ist für seinen Schuss verantwortlich.

CONRADS
Wem sagen Sie das …

MENSDORFF-POUILLY
Die Jagd ist ein wichtiger Geschäftszweig. Ich bin Jagdunternehmer.

CONRADS

Und als solcher fantastisch vernetzt. Nahezu das komplette Innenministerium haben Sie schon zu Ihren Jagden eingeladen. Der Ex-Pressesprecher von Wolfgang Schüssel hat von Ihnen dreißigtausend Schweizer Franken bekommen, für die Vermittlung von Jagdgästen. Und auch Ihre internationalen Kontakte sind beneidenswert. Wir haben hier eine kleine Grafik, auf der Ihre Geschäftsbeziehungen der letzten Jahre dargestellt sind.

Auf der Bühnen-Leinwand erscheint eine Grafik, die ein verblüffend dicht gewebtes Netz an Geldflüssen, Geschäftsbeziehungen und Beratungsverträgen dokumentiert, in dessen Mittelpunkt Mensdorff-Pouilly steht.

CONRADS

Mit all denen hat Graf Mensdorff Geschäfte gemacht. Da sieht man, wie global vernetzt heutzutage Bauern und Jagdgäste sind.

MENSDORFF-POUILLY

Ich wollte immer Geschäfte machen und Bauer sein.

CONRADS

Vor allem Erstgenanntes ist Ihnen gelungen. Sie haben Geschäfte mit Großkonzernen gemacht, bei denen Sie nicht selten Honorare von hunderttausend Euro und mehr erhalten haben. Was war Ihre Leistung?

MENSDORFF-POUILLY
Wir haben Ratschläge gegeben. Ich habe mit vielen Leuten gesprochen. Meine Klienten haben Hintergrundinformationen erhalten. Die Hintergrundinformationen kamen von Taxifahrern und auch aus politischen Quellen.

CONRADS
Gerade bei uns in Wien sind Taxifahrer ja meistens politische Quellen, die oft gar nicht zu sprudeln aufhören. Da zuzuhören und sich das auch noch zu merken, das ist schon eine Leistung, die hunderttausend Euro wert ist.

MENSDORFF-POUILLY
Peanuts.

CONRADS
Solche Peanuts im Gegenwert von hunderttausend Euro hat auch die norwegische Firma Kongsberg an eine Ihnen nahestehende Stiftung in Liechtenstein überwiesen.

MENSDORFF-POUILLY
Wir haben sowohl in Tschechien als auch in Ungarn für diese Firma gearbeitet.

CONRADS

Schauen wir einmal, was die so herstellen.

Auf der Video-Wand erscheint ein Werbefilm der Firma Kongsberg, in dem diverse Lenkwaffen, Raketen und Marschflugkörper präsentiert werden.

CONRADS

Wie erwartet: landwirtschaftliche Geräte und Jagdzubehör. Eine Mischung aus Kettner und Raiffeisen Lagerhaus.
Ungeheuerlich, dass man Ihnen nach all diesen Geschäftserfolgen keinen Orden verliehen, sondern Sie sogar verhaftet hat. Statt in Ihrem Schloss waren Sie plötzlich hinter Schloss und Riegel. Was haben Sie sich da gedacht?

MENSDORFF-POUILLY

Ali, du bist im Häfen! Nimm das zur Kenntnis, ja.

CONRADS

Das mussten Sie in letzter Zeit öfter zur Kenntnis nehmen. Sie wurden auch in England inhaftiert.

MENSDORFF-POUILLY

Das Delikt heißt in England »Verschwörung zur Korruption«. Insgesamt war ich in dieser Woche in zwei verschiedenen Gefängnissen und fünf verschiedenen Zellen. Die Zellen waren jeweils für zwei Personen.

CONRADS
Da hätt er ja den Meinl mitnehmen können.

MENSDORFF-POUILLY
Passende Unterwäsche bekam ich trotz mehrfacher Urgenz überhaupt nicht.

CONRADS
War sicher nicht leicht aufzutreiben …

MENSDORFF-POUILLY
In den sechs Tagen gab man mir keinen Kamm.

CONRADS
In Ihrem Fall auch nicht so schlimm. Aber im österreichischen Gefängnis ist es Ihnen besser gegangen.

MENSDORFF-POUILLY
Hervorragend! Ich hab da überhaupt kein Problem gehabt da drinnen. Für mich war es eine tolle Erfahrung, zu wissen, wie schlecht es Leuten geht, die vielleicht unschuldig in dem gleichen Käfig sitzen.

Er bricht wieder in dröhnendes Gelächter aus.

CONRADS
Die alte G'schicht: Schuldig oder unschuldig, wenn man immer wüßt, wer an was Schuld war …

Bandion-Ortner erscheint ebenso plötzlich wie unaufgefordert und bricht in Gesang aus.

BANDION-ORTNER

Schuld war nur der Bossa Nova,
was kann ich dafür.
Schuld war nur der Bossa Nova,
bitte glaube mir.
Denn wer einen Bossa Nova tanzen kann,
dann fängt für mich die große Liebe an.
Schuld war nur der Bossa Nova,
der war Schuld daran.

CONRADS

Liebe Frau Kammersängerin, haben Sie nicht ein bissl was Persönlicheres für den Grafen?

BANDION-ORTNER *(singt)*

Warst du nicht fett und rosig,
warst du nicht glücklich,
bist du nicht immer noch, Gott weiß wie,
privilegiert?
Was hat dich bloß so ruiniert, was hat
dich bloß so ruiniert?

CONRADS

Danke, so persönlich wollten wir's gar nicht.

Bandion-Ortner geht wieder ab; Professor Conrads ist peinlich berührt.

CONRADS
Verzeihen Sie bitte die Störung, lieber Graf. Wir waren grade im Gefängnis. Also ich nicht, sondern Sie.

MENSDORFF-POUILLY
Ich hab gewusst, ich komm wieder raus, weil ich weiß, was los ist.

CONRADS
Wieso waren Sie sich da so sicher?

MENSDORFF-POUILLY
Die Justiz weiß, was sie macht. Ich habe das große Glück, eine sehr starke Frau an meiner Seite zu haben.

CONRADS
Graf Mensdorff sprechen von Seiner Gemahlin, der ehemaligen ÖVP-Ministerin Maria Rauch-Kallat.

MENSDORFF-POUILLY
Mei' Oide.

Beide Herren lachen heftig.

CONRADS
Köstlich, dieser Humor! Aber genau dieser Humor fehlt manchmal den Staatsanwälten, die Sie auch in Freiheit nicht zur Ruhe kommen lassen. Man wirft Ihnen falsche Zeugenaussage vor, weil Sie vor dem Untersuchungsausschuss erklärt haben, mit dem Eurofighter-Ankauf nichts zu tun zu haben. Sogar Schmiergeldzahlungen werden Ihnen da unterstellt.

Dabei haben Sie nur für eine am Eurofighter beteiligte Firma gearbeitet und an die einen Brief geschrieben. Was steht da drinnen?

MENSDORFF-POUILLY
MPA …

CONRADS
… also die Firma von Graf Mensdorff …

MENSDORFF-POUILLY
… MPA übte Druck aus mit dem Resultat, dass die erste Ausschreibung storniert und eine neue Ausschreibung ausgestellt wurde. Im Anschluss an die aggressive Zahlung von Erfolgsprämien an wichtige Entscheidungsträger gab Österreich einen Auftrag in Höhe von 1,79 Milliarden Euro für den Eurofighter bekannt.

CONRADS *(nach einem kurzen Moment der Fassungslosigkeit wieder ganz resolut)*
Also, so eine Gemeinheit. Eine »aggressive Zahlung von Erfolgsprämien« ist doch kein Schmiergeld.
Wir alle kennen die Situation aus dem Wirtshaus. Man ruft immer »Zahlen!« aber der Ober reagiert nicht. Da muss man sich mit aggressiver Zahlung helfen, sonst bleibt ma über.

MENSDORFF-POUILLY
Ich habe ein reines Gewissen.

Er schüttelt sich wieder vor Lachen.

CONRADS *(plötzlich etwas nachdenklich)*
Wobei … wenn ich mir das so überleg … eigentlich bin ich ja auch ein auf Erfolgsprämien angewiesener wichtiger Entscheidungsträger. Ich könnt mich zum Beispiel entscheiden, Ihnen ein paar weitere Fragen zum »Eurofighter« zu stellen …

Mensdorff-Pouilly zückt seufzend sein Portemonnaie, holt ein Bündel Geld heraus und legt es vor Conrads auf den Tisch. Eine Geste, die auch nach Erhöhung der Summe keine Begeisterung bei Conrads auslöst. Erst als ihm der Graf die ganze Brieftasche überreicht, zeigt er Wirkung. Er nimmt das angebotene Geld.

CONRADS
Als Entscheidungsträger muss ich Entscheidungen finden, und dafür vielleicht noch ein bissl suchen …

Mensdorff-Pouilly öffnet seinen Lodenmantel, in dessen Innenfutter diverse Faustfeuerwaffen verstaut sind. Conrads greift bereitwillig zu.

CONRADS

… aber wenn der Herr Graf derartig aggressiv wird, ist es wohl besser, unser Gespräch hier zu beenden.

Professor Conrads steckt das Geld und die Waffe beiläufig ein.

CONRADS

Einen großen Applaus für Graf Mensdorff-Pouilly!

Mensdorff-Pouilly geht lachend ab, nicht ohne Pawlicki ein großzügiges Trinkgeld zu hinterlassen, wofür dieser sich mit kräftigen Klavier-Akkorden erkenntlich zeigt.

CONRADS

Früher galt Österreich als die »Insel der Seligen«, heute bezeichnet uns eine OECD-Studie als »Korruptions-Oase«. Von einer einsamen Insel für Entrückte sind wir also zu einer blühenden Landschaft geworden.

Und bevor man uns wegen »Korruption« vorverurteilt, sollte man sich das Wort einmal genau anschauen. Es kommt von »cor«, das ist lateinisch und bedeutet das Herz. Und »ruptio« ist das Reißen. Korruption ist also, wenn man sich von ganzem Herzen zusammenreißt, damit was weitergeht.

Was soll daran schlecht sein, besonders, wenn es sich um das goldene Wienerherz handelt.

Pawlicki beginnt ein Wienerlied zu spielen. Conrads gerät in sentimentale Stimmung.

CONRADS

Wie hat es Peter Gnam in einem Kommentar der »Kronen-Zeitung« unlängst formuliert: »Und wenn schon, ist ja nicht verboten, sich Geld schenken zu lassen.«

Plötzlich rast Bernhard Kohl im rot gepunkteten Tour-de-France-Bergwertungs-Trikot auf einem Rennrad über die Bühne, wo er zu Sturz kommt.

CONRADS
Jössas na, so eine Aufregung! Mein nächster Gast ist ja für seine überraschenden Auftritte bekannt. Begrüßen Sie mit mir unseren Tour-de-France-Helden Bernhard Kohl.

Pawlicki spielt die Auftrittsmelodie; Kohl steht mit schmerzverzerrtem Gesicht wieder auf.

CONRADS
Ich hoffe, ihm ist nix passiert. Fühlen Sie sich wohl, Herr Kohl?

KOHL
Ich hab schon als Junior interne Wettbewerbe für die meisten Stürze im Jahr gewonnen – dafür wurde mir die »goldene Banane« überreicht.

CONRADS
Die »goldene Banane« – das klingt heutzutage wie ein offizieller Orden der Republik Österreich. Bei Ihnen, Kohl, war's eine Auszeichnung dafür, dass Sie einen Stern nach dem anderen gerissen haben.

KOHL
In der breiten Öffentlichkeit kommt Radfahren super an. Die Leute wollen die Radfahrer leiden sehen.

Er fällt mit dem Rad im Stehen um.

CONRADS
Um Gottes Willen, Kohl, tun Sie sich nicht weh. Sie haben doch schon genug erlitten in diesem Sport, weil Sie immer mit Herzblut dabei waren.

KOHL
Viel Herzblut. Meine Kosten für die Anschaffung der Blutzentrifuge waren zwanzigtausend Euro. Ich war dreimal zu Bluttransfers im Humanplasma-Institut. Es gibt immer Sachen, die nicht nachweisbar sind, wie Eigenblutdoping.

CONRADS *(leicht irritiert)*
Nana, so eine kleine Blutauffrischung tut sicher gut, aber da muss man ja nicht gleich von Doping reden …

KOHL
Die erste Spritze war Horror. Zuerst habe ich die Nadel langsam angesetzt, dann hab ich mich nicht drücken getraut. Diese Prozedur hat drei Stunden lang gedauert, der Schweiß lief mir von der Stirn, bis ich dann endlich hineingestochen habe. In den Hintern.

Er fällt wieder mit dem Rad um.

CONRADS
Also, offensichtlich redet er von seiner Zeckenschutzimpfung, die braucht man ja als Radlfahrer, wenn man so durch die wunderschöne Natur fährt.

KOHL
Ich hab mir in der Früh was gespritzt, eine Stunde später waren die Kontrollore da – völlig egal. Ich sage nur: Wachstumshormon. Wenn es einen Test geben würde, der einen Monat Wachstumshormon nachweist, wird es nicht mehr viele Sportler geben.

CONRADS
Ja, und genau das wollen wir nicht. Wir Österreicher brauchen unsere Sport-Idole, und spätestens seit dem Karl Schranz wissen wir: Die sind sicher keine Täter, die sind höchstens Opfer.

KOHL
Das Doping muss zu deinem Körper passen. Keiner kann dir die Zauberformel sagen, du musst für dich selber das perfekte Doping herausfinden.

Conrads schlägt Kohl empört auf die Schulter, woraufhin der wieder zu Sturz kommt.

CONRADS

Jetzt reißen Sie sich zusammen Kohl, und hören S' auf mit dem grauslichen Doping-Gerede, das will doch keiner hören …

KOHL
Wer betrügt, wird auch erwischt.

CONRADS
Na, da reden S' amal mit meinen anderen Gästen ...

KOHL
Mir ist bewusst geworden, dass ich das Lügen satthabe.

CONRADS
Aber beim Radsport gilt: Lügen machen flotte Beine. Außerdem leben wir in der Postmoderne, da gibt es keine Lügen, sondern nur alternativ strukturierte Realität.

KOHL
Landeshauptmann Pröll hat mir dabei den Rücken gestärkt.

CONRADS
Dann nehmen Sie sich ein Beispiel an ihm, wie der beim Skylink-Debakel oder bei den Ermittlungen um die Hypo Niederösterreich agiert. Kommen Sie zur Vernunft, Kohl: Reue reut und ehrlich quält am längsten.

KOHL *(denkt darüber nach)*
Vielleicht war ich das Bauernopfer ...

CONRADS
Opfer! Bravo, das klingt schon viel g'scheiter.

Er gibt Pawlicki ein Zeichen, worauf dieser Kohl ein Paar Stützräder überreicht. Kohl ist sichtlich erfreut und beginnt sie an seinem Rennrad zu montieren.

KOHL
… ich hab ja nur das gemacht, was mir meine Kollegen vorlebten. Mit dem damaligen Wissen würde ich es genauso wieder machen.

CONRADS
Das denkt sich der Erwin Pröll sicher genauso. Kohl, Sie sind auf einem guten Weg.

KOHL
Wenn man den richtigen Weg einschlagt, das honoriert dann auch die Öffentlichkeit. Ich werde jeden Tag angesprochen. Die Reaktionen sind nur positiv. Ich gebe jeden Tag Autogramme. Als Ausnahmetalent habe ich viel gelernt. Ich möchte der Jugend die Freude am Radsport vermitteln.

CONRADS
Wunderbar! So g'fallt er uns wieder.

Kohl hat die Montage der Stützräder erfolgreich beendet, setzt sich auf das Rad und merkt, dass er so endlich nicht mehr umfällt.

KOHL
Radfahren ist eine der gesündesten Sportarten.

CONRADS
Und was ist jetzt mit diesen niederträchtigen Doping-Gerüchten?

KOHL
Doping ist Betrug, bei mir war die Versuchung nie da. Ich habe ein reines Gewissen.

Er fährt stolz von der Bühne.

CONRADS
Applaus für unseren Bernhard Kohl!

Aus dem Off erklingt ein brutales Sturzgeräusch, das von Conrads aber ignoriert wird.

CONRADS
Der schlimmste Feind der Unschuldsvermutung ist das sogenannte »schlechte Gewissen«. Der Unterschied zum »guten Gewissen« ist rasch erklärt: Das eine ist schlecht und das andere ist gut.
Wer an seiner Unschuld keine Zweifel aufkommen

lassen will, glaubt an das Gute. Dafür haben wir in Österreich viele Vorbilder, die leider nicht alle heute hier bei uns sein können.

Pawlicki lässt Filmmusik aus »Der Pate« erklingen.

CONRADS
Ich denke an historische Vorkämpfer der Unschuldsvermutung wie zum Beispiel den Präsidenten des SPÖ-Pensionistenverbandes Karl Blecha.

Ein Bild von Blecha erscheint auf der Videowand.

CONRADS
Er hat uns in seiner Funktion als Innenminister gezeigt: Wer hauptberuflich auch für Kriminalität zuständig ist, sollte aus eigener Erfahrung wissen, wovon die Rede ist. Oder ich denke an den großen Investor Tilo Berlin.

Ein Bild von Berlin erscheint auf der Videowand.

CONRADS
Er hat uns vorgeführt, was man am besten macht, wenn man eine Leiche im Keller hat: Man schminkt sie und verkauft sie bayrischen Freunden als Braut. Und wenn wir schon im Sizilien von Österreich sind: Der dortige Landeshauptmann ... Gerhard Dörfler.

Ein Bild von Dörfler erscheint auf der Videowand.

CONRADS
Er hat es sich sogar gerichtlich bestätigen lassen, dass man auch für das Schuldigsein zu blöd sein kann.

Die Melodie verklingt, die Bilder verschwinden.

CONRADS
Ich könnte noch stundenlang so weitermachen, mir fallerten noch viele ein … aber kann man so etwas wie die Unschuld in Österreich noch steigern? Ja! Unter den Unschuldigen gibt es noch Unschuldigere. Und einer schließlich ist der Unschuldigste von allen, nämlich mein letzter Gast: Begrüßen Sie mit mir Karl-Heinz Grasser.

Pawlicki spielt die Auftrittsmelodie; Grasser erscheint federnden Schrittes und setzt sich ohne zu zögern in den Fauteuil von Conrads. Dieser kann seine Empörung darüber nur schwer unterdrücken.

CONRADS *(zischelnd zu Pawlicki)*
Das ist eine Unverschämtheit …

CONRADS *(mit eiserner Selbstdisziplin wieder ganz gefasst)*
Ich sag, es ist eine Unverschämtheit, was unserem armen Karl-Heinz alles vorgeworfen wird. Sein eige-

ner Anwalt hat gesagt: »Nicht überall, wo Skandal draufsteht, ist Grasser drin.«
Da hat er natürlich recht, es gibt Skandale ohne Sie, zum Beispiel … was fallt mir ein … gar nicht so leicht … ja, zum Beispiel der Giftschlamm-Skandal in Ungarn!

GRASSER
Alles supersauber! Ich weiß, dass die Optik katastrophal ist, aber es ist ein supertransparenter, rechtlich sauberer, ökonomisch sehr guter Prozess für den Steuerzahler …

CONRADS *(ihn unterbrechend)*
Lieber Karl-Heinz. Sie haben mich missverstanden. Ich hab da etwas bei Ihnen ausgelöst, das wollt ich gar nicht.
Reden wir was anderes, red ma doch lieber über das Thema, das Sie wirklich interessiert, red ma über Sie. Sie sind ja ein ausgesprochen fescher Kerl.

GRASSER
Ja klar. Natürlich bin ich vom Schicksal begünstigt. Ich könnt Ihnen Bilder zeigen, wo ich studiert hab, da hab ich Haare gehabt bis daher. Wie ich bei uns im Autohaus meiner Eltern gearbeitet hab, haben mich dann manche verwechselt mit einer Frau.

CONRADS
Diese Kunden werden dann enttäuscht gewesen sein, wie sie gemerkt haben: Die fesche Verkäuferin ist in Wirklichkeit … wobei, der Einzige, der darüber nicht enttäuscht war, war vermutlich der Jörg Haider.

GRASSER
Ja, ich hatte Glück, auch den Jörg Haider. Mit Haider war die Beziehung sicher die emotionalste – er hat mich in die Politik geholt.

CONRADS
Und dort hat's Ihnen gefallen?

GRASSER
Ja, ich habe es geliebt, als Finanzminister zu arbeiten. Viele sagen mir: Warum sind Sie nicht dabei geblieben und Bundeskanzler geworden?

CONRADS
Bundeskanzler Grasser … das ist ein Gedanke … der macht doch ein bissl nachdenklich …

GRASSER
Das größte Ziel, das mich treibt, ist, Österreich an die Spitze zu bringen.

CONRADS
Dass Sie es auch in dieser Position auf die Spitze getrieben hätten, hab ich keine Zweifel, aber warum sind Sie es nicht geworden?

GRASSER
Ich sehe mich nicht als Politiker, sondern als Vorstand im Unternehmen Österreich. In der Politik ist mir die leistungsgerechte Entlohnung schon abgegangen.

CONRADS
In Ihrem Fall waren die Begriffe »leistungsgerecht« und »Entlohnung« wohl unvereinbar. Beim Julius Meinl waren Sie aber dann mit der Entlohnung zufrieden. Fünf Millionen Euro in zwei Jahren.

GRASSER
Ich bin nie zufrieden, das ist eine Grundeigenschaft von mir. Ich habe ein großes Know-how im Finanzsektor aufgebaut und verstehe diesen bis in Details. Das spricht für mich. Ich habe gesagt: Anleger, vertraut mir euer Geld an. Ich hab eine ganz klare moralische Verpflichtung diesen Anlegern gegenüber.

CONRADS
Der kleine Anleger hat Ihnen auch vertraut …

GRASSER
Meine größte Motivation war die Allianz mit der Bevölkerung.

CONRADS
… leider ist für den kleinen Anleger diese Allianz nicht so gut ausgegangen.

GRASSER
Er ist mit zehn Euro eingestiegen und wird mit rund neun Euro aussteigen, das heißt ja, er verliert zehn Prozent, vielleicht auch fünfzehn.

CONRADS
Das stimmt fast ganz genau … nur eine winzige Korrektur: Der Anleger ist mit zehn Euro eingestiegen und ist mit vierundsechzig Cent ausgestiegen. Also er hat rund vierundneunzig Prozent verloren.

GRASSER
Geld war mir immer sekundär. Ich habe auch verloren.

CONRADS
Was?

GRASSER
Eine sehr große Chance. Die Chance, ein Unternehmen aufzubauen und nachhaltig erfolgreich zu sein.

CONRADS
Das nehmen Ihnen jetzt manche Kleingeister übel.

GRASSER
Weil ich anders bin. Jeder, der hinausragt über die Masse, polarisiert. Ich brauche mich dafür nicht zu genieren. Das ist eine Sache, wo ich nie ein Unrechtsbewusstsein hatte.

CONRADS
Ich nehm an, das gilt auch für diverse andere Vorwürfe, die man Ihnen macht, zum Beispiel Amtsmissbrauch …

GRASSER
Ich habe herzhaft über diesen Blödsinn gelacht. Weitere Worte sind überflüssig.

CONRADS
... Steuerhinterziehung ...

GRASSER
Das kostet mich maximal ein Lächeln.

CONRADS
... schwerer Betrug ...

GRASSER
Dazu möchte ich eigentlich nichts sagen.

CONRADS
... Beweismittelfälschung ...

GRASSER
Das ist mir völlig egal. Jeder Satz, den ich dazu verliere, wäre Zeitverschwendung.

CONRADS
Das heißt, nach der Funktion Ihrer Briefkastenfirmen in Liechtenstein braucht man gar nicht fragen ...

GRASSER
Lächerliche Fragen werden nicht beantwortet.

CONRADS
... und die Aussage eines ehemaligen Parteikollegen, Sie hätten mit Meischberger, Hochegger und

Plech ein geheimes Provisions-Netzwerk aufgezogen, um bei Auftragsvergaben der Republik Österreich ordentlich mitzuschneiden …

GRASSER
Es war eine tolle Erfahrung, wir konnten dieses Land verändern. Ich bin dankbar dafür, dass ich diesen Beitrag leisten durfte. Gott sei Dank ist mir das für unser Vaterland gelungen.
Eines Tages wird meine Leistung für das Land noch gewürdigt werden. In historischer Dimension. Und dann steigt Grasser als Phoenix aus der Asche in die Lüfte.

CONRADS
Frei wie ein Vogel, der – und da sind Sie sich ganz sicher – nie im Käfig landen wird.

GRASSER
Natürlich ist mein Netzwerk ein Vorteil. Ich bringe Erfahrungen ein und habe viele gesetzliche Grundlagen ja selbst geschaffen.

Grasser schenkt Conrads ein vor Insider-Wissen strotzendes Lächeln samt bedeutungsschwerer Gedankenpause, die durch den unvermuteten Auftritt von Kammersängerin Bandion-Ortner gestört wird.

BANDION-ORTNER *(zur Melodie von »Was kann der Sigismund dafür, dass er so schön ist?«)*

Was kann der Karl-Heinz dafür, dass er so schön ist?
Was kann der Karl-Heinz dafür, dass man ihn liebt?
Die Leute tun, als ob die Schönheit ein Vergehn ist,
man soll doch froh sein, dass es so was Schönes gibt.

CONRADS *(sie unterbrechend)*
Danke, Frau Kammersängerin, wir wissen, dass Sie unserem Karl-Heinz eine Freude machen wollen. Apropos, sein Anwalt sitzt schon die längste Zeit im Theatercafé auf der Wienzeile und wartet auf Sie.

BANDION-ORTNER *(ist plötzlich sehr um ihr Äußeres besorgt)* Der Manfred? Ich komme!

Sie eilt von der Bühne.

CONRADS
Lieber Grasser, dass Sie nix befürchten müssen, wissen wir. Wie schaut denn jetzt Ihr beruflicher Alltag aus?

GRASSER *(plötzlich sehr zögerlich)*
Ich stehe auf … dann frühstücke ich …

CONRADS
Bravo.

GRASSER
… und dann geht's ins Büro.

CONRADS
Wo?

GRASSER
Irgendwo … international.

CONRADS
Leerstehende Büros findet man ja überall.

GRASSER
Und am Abend leg ich mich meistens in die Badewanne.

CONRADS
Also wirklich alles supersauber. Was sind Ihre Ziele für die Zukunft?

GRASSER
Das Ziel Urlaub haben wir noch. Am Programm stehen Ayurveda und Tiere in freier Wildbahn beobachten.

CONRADS
Und dann gibt es sicher viele tolle Angebote aus der Privatwirtschaft.

GRASSER *(sichtlich um eine Antwort ringend)*
Es ist eine wichtige Erfahrung, wenn sich der Kapitalismus, den ich eigentlich schätze, plötzlich gegen einen selbst richtet. Bis jetzt konnte ich den Beweis, dass ich in der Privatwirtschaft erfolgreich bin, noch nicht ganz erbringen.

CONRADS
Aber lieber Grasser, Beweise haben Sie doch nie interessiert.

GRASSER *(zunehmend depressiv)*
Mir kommt vor, keiner will was von mir wissen. Ich kann nicht permanent den Kopf in den Sand stecken. Meine Motivation war, die Welt meiner Frau kennenzulernen. Unsere Verbindung hat vieles potenziert. Wenn man dauerhaft über seine Verhältnisse lebt, geht es irgendwann nicht mehr.

CONRADS
Aber Ihre Frau glaubt doch an Sie.

GRASSER
Meine Frau glaubt sehr stark an die Maria, Mutter Gottes.

CONRADS
Sie hat offensichtlich eine Schwäche für starke Frauen.

GRASSER:
Meine Frau ist nicht erfreut.

CONRADS
Schimpft sie mit Ihnen?

GRASSER *(mit Tränen kämpfend)*
Auch. Zu Recht. Es ist eine Niederlage. Ich hab mir mit der ganzen Geschichte gedacht, das ist ein schlechter Traum.

CONRADS *(sichtlich verärgert)*
Des derf ja ned wahr sein, jetzt wird mir der auch noch waach!

GRASSER
Ich wache auf und die Geschichte ist wieder weg.

CONRADS
Dann werd ich ihn jetzt aufwecken, wenn's nicht anders geht, mit einem bedingten Reflex: BUWOG! Novomatic! Hypo Alpe Adria!

GRASSER *(plötzlich verwandelt und wie aufgezogen)*
Alles supersauber! Ich weiß, dass die Optik katastrophal ist, aber es ist ein supertransparenter, rechtlich sauberer, ökonomisch sehr guter Prozess für den Steuerzahler.

CONRADS
Na also, geht ja wieder.

GRASSER *(ist nicht mehr zu stoppen)*
Wenn man ein gutes Gewissen hat, dann kann man immer ein gutes Gewissen haben. Ich habe ein supersauberes, reines Gewissen. Ich bin das Opfer einer schlechten Optik. Ich kann beschwören, dass alles korrekt war. Ich komm zu der ganzen Geschichte, wie die Jungfrau zum Kind …

CONRADS *(dazwischen rufend)*
Danke, Grasser!

GRASSER
Ich kann hier gar nichts sagen, weil's mich nichts angeht, ich das auch nicht gewusst habe, das ist hinter meinem Rücken abgelaufen. Was mit dem Geld passiert ist, weiß ich nicht, geht mich nichts an …

CONRADS *(zunehmend verzweifelt)*
Danke, Grasser!

GRASSER *(völlig unbeirrt)*
Was immer außa kummt, außa kummt, dass der Herr Grasser alles korrekt gemacht hat, dass überhaupt nix passiert ist. Ich bin das Opfer dieser Geschichte …

Plötzlich stürmt Meinl auf die Bühne und bringt Grasser zum Schweigen, in dem er ihn innig auf den Mund küsst.

CONRADS
Die Herren kennen einander?

MEINL
Wir sind befreundet.

CONRADS
Wie kam es zu dieser Freundschaft?

MEINL
Was privat ist, soll privat bleiben.

GRASSER
Für Meinl habe ich mich entschieden, weil er einer der genialsten Banker Europas ist.

MEINL
Er kann mit Leuten sprechen, an die andere nicht herankommen.

GRASSER
Für mich ist er vor allem ein Freund, und Freunde lässt man nicht einfach fallen.

CONRADS
Vor allem, wenn man im gleichen Boot sitzt. Dieses Boot kann sogar eine Luxusyacht sein. Und dort war auch noch ein gemeinsamer Freund mit an Bord, nämlich der legendäre BAWAG-Pleitier Wolfgang Flöttl.

Auf der Videowand wird ein Bild von Flöttl gezeigt.

MEINL
Ich sehe ihn positiv. Uns gegenüber hat er sich immer sehr ordentlich und korrekt verhalten. Wir können nichts Schlechtes sagen.

CONRADS
Kein Wunder, er hat von Ihnen Kredite in Millionenhöhe bekommen, die er alle ganz brav zurückgezahlt

hat, auch zu einem Zeitpunkt, zu dem er offiziell bereits mittellos war.
Ein kleines Wunder also, über das sich vor allem einer gewundert hat, der heute noch zu Wort kommen soll: der Helmut Elsner.

Mensdorff-Pouilly stürmt auf die Bühne.

MENSDORFF-POUILLY
Mit dem habe ich im Häfen Schach gespielt. Er hat gewonnen.

CONRADS
Lieber Graf Mensdorff! Setzen Sie sich doch gemütlich zu uns.

Mensdorff-Pouilly tut, wie ihm geheißen und schüttelt Meinl die Hand.

CONRADS
Die Herren kennen einander vom »Verein der Freunde der Wiener Polizei«, wo sie großzügige Spender sind.
Ebenso wie der Helmut Elsner, aber dem hat es heute nichts genutzt, er sitzt immer noch im Gefängnis. Wir haben deshalb eine Außenstelle bei ihm eingerichtet und bevor wir dorthin schalten, wollt ich fragen, ob die Frau Kammersängerin wieder da ist?

Bandion-Ortner stürmt singend auf die Bühne. Ihre Haare sind leicht derangiert, ebenso ihr Lippenstift; die Bluse ist falsch zugeknöpft.

BANDION-ORTNER
Die Liebe ist ein seltsames Spiel,
sie kommt und geht von einem zum andern.

CONRADS
Jetzt muss ich Sie fragen: Wie haben Sie das geschafft, dass Sie so schnell wieder da waren?

BANDION-ORTNER
Die Bus-Spur war frei!

CONRADS
Wunderbar. Setzen Sie sich zu uns, der Helmut hat angeblich speziell für Sie etwas vorbereitet und ich schalte jetzt zu ihm.

Bandion-Ortner nimmt begeistert zwischen Mensdorff-Pouilly, Meinl und Grasser auf der Gäste-Sitzgruppe Platz. Conrads schaltet mit einer Fernbedienung die Videowand ein. Man sieht Elsner im Gang einer Haftanstalt sitzen.

CONRADS

Lieber Helmut Elsner, wir haben grad über einen alten Freund und Geschäftspartner von Ihnen gesprochen, über den Wolfgang Flöttl.

ELSNER

Schauen Sie sich doch den Flöttl an. Wieso haben bei allen Vorständen Hausdurchsuchungen und Beschlagnahmen stattgefunden und bei Flöttl nicht? Warum blieben die Flöttl'schen Millionenkonten trotz mehrerer Beweisanträge unangetastet? Und warum beschafft man sich nicht die Bilanzen der Flöttl-Gesellschaften?
Wolfgang Flöttl hat das Geld gestohlen. Er hat sich im Prozess auf seine Blödheit ausgeredet. Das Gericht hat alle Anträge abgelehnt, nachzuforschen, wo das Geld wirklich verschwunden ist. Der Richterin Bandion-Ortner hat es genügt, dass Flöttl behauptet hat, sein Computer sei abgestürzt.
Es war zum Speiben, wie der herumgeschleimt hat. Er ist dort gesessen, hat sich an allen abgeputzt und der Frau Rat gesagt, wie charmant sie nicht sei. Und ihr ist das Herz aufgegangen.

Bandion-Ortner lacht verlegen auf.

CONRADS

Na da haben Sie, lieber Helmut, ja jetzt die Möglichkeit, auch ihr Herz zu erobern. Die Frau Rat von damals ist mittlerweile Ministerin, sitzt hier mit uns gemütlich zusammen und freut sich auf das, was der Helmut für sie vorbereitet hat.

Er hat nämlich im Gefängnis ein Gedicht für sie geschrieben, was sag ich Gedicht, es ist eigentlich schon eine Ballade mit dem Titel »Gratulation an Frau Magister Bandion!«.

Des hot ka Goethe gschriebn, des hot ka Schiller dicht', auch nicht der Weinheber oder der Georg Strnad, sondern das ist jetzt ein echter Elsner. Helmut, bitte.

Elsner hat ein Notizbuch hervorgezogen, aus dem er nun sein selbstverfasstes Gedicht rezitiert.

Links im Bild: Helmut Elsner (gespielt von Erwin Steinhauer) rezitiert sein Gedicht auf Claudia Bandion-Ortner

ELSNER

Gratulation an Frau Magister Bandion!

Parbleu, Sie haben erklommen lichte Höhe!

Sie haben erkannt mit Seitenblick,
mich zu verurteilen, wird Ihr Glück!

Nun dürfen Sie packen Ihren Ranzen
und ins Ministerium abtanzen.

So wurde Elsner dann zum Schuft,
der dringend braucht gesiebte Luft!

Weninger und Verzetnitsch, diese beiden
halfen mit, Negativausweise zu vermeiden
durch die gegebene Garantie,
die natürlich schlagend wurde nie.

Sehr elegant ist's auch, Förderer zu verdonnern,
um sodann auf deren Rücken beruflich fortzukommen.
So ließen Hundstorfer & Co den Zuruf nicht vermissen –
Weninger und Verzetnitsch sollen sich verpissen!

Wer nicht solch Handlung als Niedertracht
kann erkennen,
darf sich nicht wundern, wenn Mitglieder
entsetzt in Scharen von dannen rennen!

Und so erklären wir jetzt zum Schluss,
warum der Elsner sitzen muss!

Schaun Sie, wir Sozialisten
müssen schon länger ein tristes Dasein
fristen.
Jetzt wär der Wahlkampf wirklich fad,
wenn Elsner aus Frankreich nicht kommen tat,
weil er am Herzen an Krampf grad hat!

Nur wenn wir präsentieren einen
Schuldigen,
wird uns der Wähler vielleicht noch
huldigen.

Wie meinen? Unrecht, Schweinerei?
Geh – ein dreifach Hoch nun der Partei!
Freundschaft!
Nun hat noch Hundstorfer mit großen
Wonnen,
auch die Regierungsbank erklommen,
dort trifft er nun auf die Frau Rat,
die auf seine Bitte hin Elsner & Co verurteilt
hat.

Nun lasst aufrichtig Freude walten
und auf der Regierungsbank dankbar Händchen halten.

Nun wird der Elsner noch zum größten Lacher:
auch verurteilt zum Ministermacher!

Zu all dem noch sein Senf dazu,
beati pauperes spiritu.

CONRADS
Das war jetzt Latein und heißt auf Deutsch: Selig sind die Armen im Geiste. Wen meinen Sie damit, lieber Helmut?

ELSNER
Die Performance von Frau Bandion-Ortner war absolut unfassbar. Aus meiner Sicht, ist sie mit einem sehr einfach strukturierten Geist gesegnet. Sie hat ein sehr schlichtes Gemüt und merkwürdige Vorlieben.

Grasser, Meinl und Mensdorff-Pouilly beginnen verstohlen zu kichern. Bandion-Ortners Kopf wird immer röter.

CONRADS *(versucht zu beschwichtigen)*
Er meint vermutlich die ungewöhnlichen Brillen.

ELSNER
Das ist eine strohdumme Person, die vollkommen überfordert ist. Ich habe mich immer gefragt, was der ÖVP da eingefallen ist, eine derartige Intelligenzruine ins Kabinett zu holen.

Grasser, Meinl und Mensdorff-Pouilly brechen in prustendes Gelächter aus.

CONRADS
Meine Herren, bitte …

Bandion-Ortner stößt einen spitzen Schrei aus, entreißt Conrads die Fernbedienung und schaltet Elsner weg. Die zuvor Lachenden sind plötzlich ganz still.

BANDION-ORTNER
Wenn ich will, landet nicht nur der Elsner hinter Schloss und Riegel, sondern ihr alle. Und der Flöttl gleich dazu.

Bandion-Ortner stürmt wutentbrannt zum Klavier. Die in der Sitzgruppe zurückgebliebenen Herren blicken einander betreten und verunsichert an. Mensdorff-Pouilly hebt den Lauf seiner Flinte in Richtung der zutiefst beleidigten Kammersängerin, wird aber von Conrads mit beschwichtigender Geste zur Räson gebracht.

CONRADS
Liebe gnädige Frau …

Er steht auf und pirscht sich vorsichtig an die immer noch vor Zorn bebende Bandion-Ortner heran.

CONRADS
… damit machen Sie sich doch nirgends beliebt. Nicht einmal bei der SPÖ, die sind doch ganz froh darüber, wenn nicht zu genau nachgefragt wird, wo diese ganzen BAWAG-Gelder hin sind. Wer weiß, wie viele Ex-Bundeskanzler noch Beraterprämien bei der Euro-Umstellung bekommen haben.
Und bei Ihren eigenen Parteifreunden schon gar nicht. Stellen Sie sich vor, unserem feschen Karl-Heinz passiert etwas Unerfreuliches, und daraufhin erinnert er sich wieder, was damals beim Eurofighter wirklich gelaufen ist. Wie hat es Graf Mensdorff so schön formuliert?

MENSDORFF-POUILLY
Aggressive Zahlung von Erfolgsprämien an wichtige Entscheidungsträger.

CONRADS
Diese Entscheidungsträger wollen alles Mögliche tragen, nur eines nicht, nämlich die Schuld.

Er wendet sich wieder ans Publikum.

CONRADS

Und damit sind wir wieder bei unserem großen Thema heute Abend. Manchmal ist es verführerisch, alles wissen zu wollen. Aber Österreich ist wie eine überzeugte Jungfrau, die sich nicht verführen lässt, sondern lieber ihre Unschuld bewahrt.

Er blickt mit seinem charmantesten Lächeln zu Bandion-Ortner. Diese beginnt voll düsterer Dramatik zu singen.

BANDION-ORTNER

Die Männer sind alle Verbrecher,
ihr Herz ist ein finsteres Loch,
hat tausend verschied'ne Gemächer,
(Plötzlich ganz zart)
aber lieb, aber lieb sind sie doch.

Sie legt sich Grasser schmachtend zu Füßen, alle Herren lächeln glücklich.

CONRADS

Das sind versöhnliche Töne, vielleicht fallen dem Norbert noch ein paar ein …

Professor Pawlicki spielt langsam die Melodie des Westenthaler-Liedes »Wir halten z'samm« an. Meinl, Grasser und Mensdorff-Pouilly beginnen leise mitzusummen.

CONRADS
Zum Abschluss sollen auch Sie, liebe Frau Bandion-Ortner einmal mit einem Originalzitat zu Wort kommen. Sie selbst haben gesagt: »Die Unschuldsvermutung muss auch gelebt werden!« Genau das haben wir heute Abend gemacht. Und jetzt lassen wir sie nicht nur leben, sondern gemeinsam hochleben!

DJ Westi springt auf die Bühne, wilde Lichtwechsel und aus »Wir halten z'samm« wird eine große Final-Nummer zu der Westenthaler, Meinl, Grasser, Mensdorff-Pouilly und Bandion-Ortner tanzen und den Originaltext des Westenthaler-Liedes singen.

ALLE

Wir halten z'samm,
ein Leben lang.
Wir halten ganz fest z'samm

und stehen Hand in Hand.
Wir halten z'samm,
ein Leben lang.
Wir halten ganz fest z'samm
für unser Heimatland.

Es wird ausgelassen getanzt. Plötzlich kommt Bernhard Kohl mit seinem Rennrad auf die Bühne gerast. Die Musik verstummt. Alle blicken den Störenfried verärgert und fassungslos an.

KOHL
Wer betrügt, wird auch erwischt.

CONRADS
Aber hoit doch de Gosch'n.

Er zieht die von Mensdorff-Pouilly erhaltene Pistole und erschießt Kohl ansatzlos.

ALLE
Wir halten z'samm!

Blackout

Ende

Besuchen Sie uns im Internet unter
www.amalthea.at

Umschlaggestaltung: Kurt Hamtil, verlagsbüro wien
Umschlagabbildung und Fotos: Peter M. Mayr
Herstellung: studio e, Josef Embacher
Gesetzt aus der 10,5/13 pt ITC Century Light
Gedruckt in der EU
ISBN 978-3-85002-753-3